MO story

모 이야기

Adventure in the Forest
숲속 모험

글·그림 최연주

가을과 겨울 사이
아주 늦은 밤이었어요.

밤마실을 나온 부엉이 할아버지도
꾸벅꾸벅 졸고

하루 종일 시끄러운 여섯쌍둥이 토끼 남매들도
모두 깊은 잠에 빠져 있는 시간이었죠.

휘어진 떡갈나무 아래에 살고 있는
얼룩 고양이 가족들도 다른 숲속 주민들처럼
깊이 잠들어 있었어요.

그중 단 한 아이, 모만 빼고요.

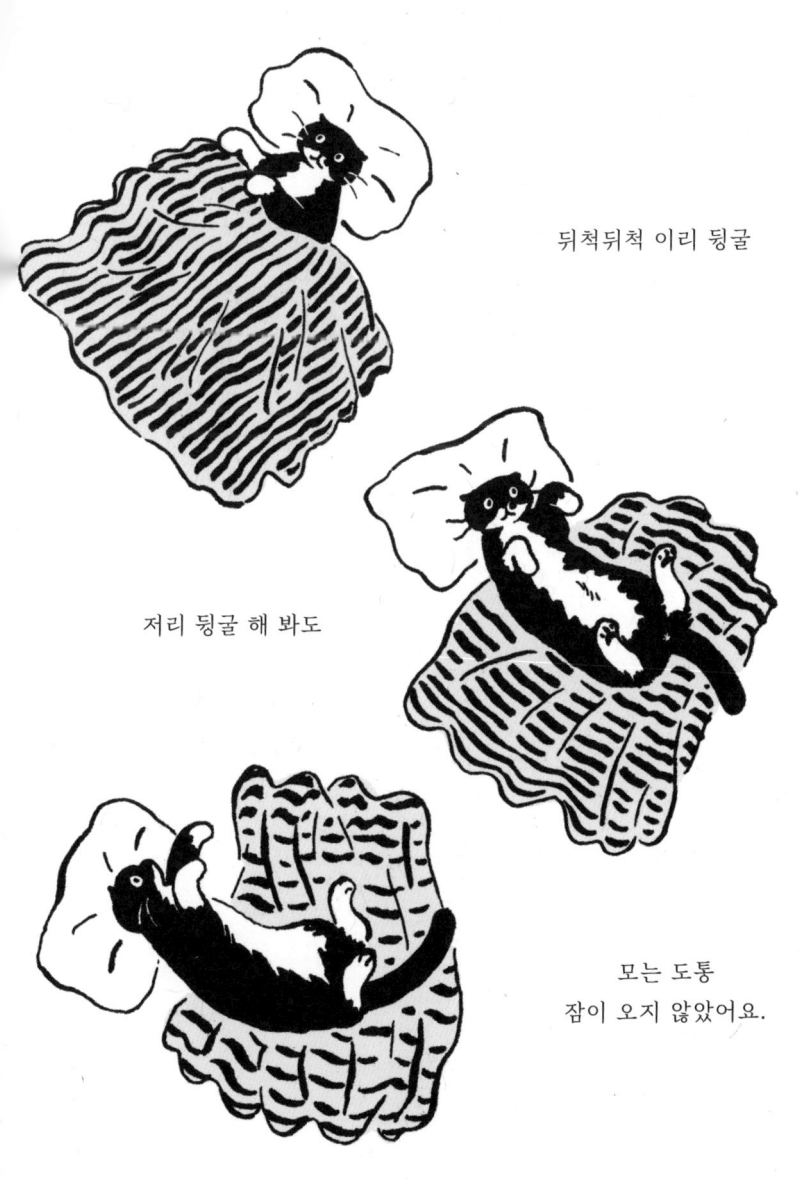

뒤척뒤척 이리 뒹굴

저리 뒹굴 해 봐도

모는 도통
잠이 오지 않았어요.

그때였어요.

창문 밖에서 무엇인가
반짝였어요.

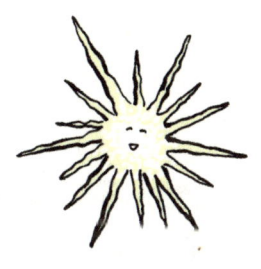

별은 아닌 것 같은데
그 빛은 웃고 있는 것 같았어요.

그리고 이리 오라고
말하는 것 같더니

이내 작아지고

사라졌어요.

모는 서둘러 목도리를 챙기고

메모를 남긴 뒤 밖으로 나갔어요.

집을 떠나 걷고 있는데

모의 발밑으로 책 한 권이 떨어졌어요.

모가 새벽에 본 빛에 대해 말하자
부엉이 할아버지는
진지하게 들어 주었어요.

어쩌면 책 속에 네가 찾고 있는
빛에 대해 적혀 있을지도 몰라.
내 서재에서 함께 찾아보자꾸나.

모와 부엉이는 책을 한참 들여다보았지만
웃는 빛에 대한 이야기는
찾을 수 없었어요.

할아버지! 난 밖에서 찾아보아야겠어.
엉덩이가 납작해져서 더 이상 앉아 있을 수가 없어.
나 이만 가 볼게.

그래. 때로는 책보다 직접 경험하는 것이 좋을 때가 있지.
하지만 모야, 너는 아무 준비 없이 이 새벽에 밖으로 나왔잖니.
이거라도 가져가렴.

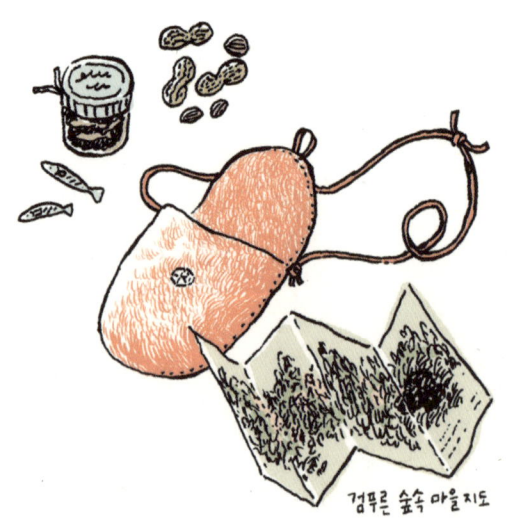

부엉이 할아버지가 챙겨 준 가방 속에는 검푸른 숲속 마을 지도와
말린 멸치가 담긴 유리병 그리고 땅콩이 조금 들어 있었어요.

고마워 할아버지!
나 이만 가 볼게!

그래그래.
숲에 가면 늪이 있으니 조심하고...
가시덤불은 따가우니 조심하고...
아, 그래 곰!
무엇보다 곰을 조심해야 해!
알겠지?

아! 물론 조심하는 건 좋지만 섣불리
두려워하지는 말고 또...!

아아, 알겠어 알겠어!

그쪽을 꽉 잡아요!
아니 저쪽 말고 그쪽이요!
어서어서 서둘러요!
아침에 아이들 먹이려면 빨리 벌레를
잡아 와야 한다고요!

아이참, 알고 있다고 몇 번이나 말했잖아요.
당신이나 좀 잘 잡아 봐요. 놓고 가는 것은 없겠죠?
벌레잡이에 가장 중요한 건 준비라고요. 준비.

곤줄박이 부부가 바쁘게
아침을 맞이할 준비를 하고 있었어요.

안녕! 저기 있지. 너네들 뭐 하는 거야?

아이참, 바쁜데!
우리는 아이들이 깨어나기 전에
벌레 사냥을 준비하고 있어!

무사히 아이들에게
영양가 많은 벌레를 먹이려면
꼼꼼한 계획이 필수라고!

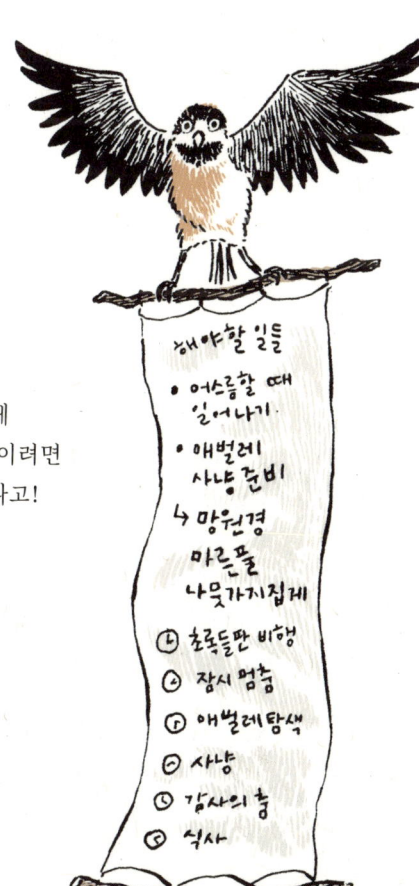

우리는 이제 준비를 마쳤으니
떠날 거야.
너는 어디 가는 중이니?
준비는 다 하고 가는 거니?

아! 나는 자다가 웃는 빛을
보고 신기해서 따라 나왔어!

목도리 했네!
새벽은 추우니깐,
잘했다! 잘했어!

몇 가지만 더 준비하면
완벽하겠어.

숲은 생각보다 위험해.
다칠 수도 있으니 상처에 바르는 병풀과
배고플 때 먹을 베리랑
모, 네 손은 뭉툭하니깐 이 나무집게도 가져가!

그럼 안녕!
우린 시간이 되어서 이만 가 볼게!
웃는 빛을 발견하길 바라!
아 참! 숲에는 무서운 곰이 산다니깐 늘 조심해!

응.
알겠어!
바이 바이!

아, 이제 좀 몸이 가벼워졌다.
다시 힘을 내서 찾아보자!

의외로 아주 가까운 곳에
있을지도 몰라.
이를테면…

미안해.
거기에 있는지 몰랐어….
너를 놀라게 하려던 건 아니었어.
정말 미안해.

모의 진심이 느껴진 청설모는 궁금해졌어요.
당신은 누구죠?

난 모라고 해.
떡갈나무 집에 살고 있고,
웃는 빛을 찾아다니고 있어.
통나무 속에는 있을까 해서 봤는데
거기 네가 있었던 거야.
혹시 웃는 빛을 본 적이 있니?

청설모는 가만히 듣다가...

잠깐...!
잠깐만요. 당신...
인사하는 법을 배우지 못했군요?

처음 만나는 이와 인사를 할 때는
모자를 벗고 살짝 고개 숙여
'안녕하세요. 처음 뵙겠습니다.'
하고 말하는 거예요.

그리고 누군가에게 질문을 할땐
먼저 '실례합니다.'라고 해요.
이야기를 끝낸 후엔
'감사합니다.'를 덧붙여 봐요!
자, 그럼 다시 인사해 봐요!

안녕하세요. 처음 뵙겠습니다.
나는 떡갈나무 집에 살고 있고요.
나는 정어리 조림을 정말 좋아해요!
아... 맞다! 실례합니다? 나는 모입니다.
... 그리고...!
혹시 웃는 빛을 본 적이 있나요?
앗! 감사합니다!

모는 처음 해 보는 인사가 쑥스러워서
수염이 찌릿찌릿했어요.

어... 음... 뭔가 이상한 것 같지만...!
당신은 제법 귀엽군요.
아, 아무튼 인사하는 법을 잊지 말도록 해요!

좋아요. 좋아.
저는 겨울을 대비해
도토리들을
숨겨 놓는 중이었어요.

이렇게 꼭꼭
숨겨 놓은 도토리들이
이 숲에도 한가득이죠!

자!
당신에게도 도토리
한 소쿠리를 줄게요!
배고플 땐 도토리 수프만 한 게
또 없거든요!

그럼 잘 가요!
새로운 친구를 만나게 되면
예의 있게 인사해 봐요!
아참참, 숲속 곰은 아주 무섭다고 하니
만나면 인사하지 말고 도망가는 거예요!

응! 알겠어요. 잘 있어요! 고맙습니다!

모는 다시 한참을 걸었어요.
목이 마른 모는 호숫가로 가서
물도 마시고 웃는 빛을 본 동물들이
있는지 찾아보기로 했어요.

우와! 호수다!

헥 헥
생각보다 짐이 많아졌네.

나뭇잎을 한 장 주워

돌돌 말고

호수의 물을 살살 떠서

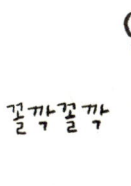
꼴깍꼴깍

캬아, 시원하다!

배고파

아아,
엄마가 해 주는 송사리 튀김 먹고 싶다....

한 입 물면 바사삭, 짭조롬한 그 맛

그때

수풀 사이로 손이 쓱 나오더니
모의 도토리를 한 알 가져가
호수 물에 씻기 시작했어요.

찰팍찰팍

저기... 실례합니다.
처음 뵙겠어요...!
그거 제 도토리거든요?

어머나! 미안해요!
내 소쿠리에 들어 있던 건 줄 알고
가져가서 씻고 말았네!

나는 저기 나무 아래 오두막집에서
작은 식당을 하고 있는 라쿤이에요.

오늘의 점심 메뉴 손질을 하고 있었지요.

자, 받아요. 도토리

저기... 이 도토리들로 가게에서
점심을 먹을 수 있을까요?
그리고 나는 모라고 해요.

모! 좋아요!
마침 오늘은 새로운 메뉴를 만들어
보는 날이니, 시식을 해 줘요.
함께 갑시다!

모!
넓은 접시 좀 가져다줘요!
선반에서 큰 컵에
물도 좀 갖다 주고요.
여기 소금도 좀 뿌려 줄래요?

라쿤은 손질해 둔 재료들을 넣었어요.

음... 뭔가 부족해.
뭘 더 넣어야 하지?

혹시 제 가방에서
쓸 만한 게 있지 않을까요?

곤줄박이 부부가 준 베리
청설모 신사가 준 도토리
부엉이 할아버지가 준
말린 멸치와 땅콩.

어머나!
좋은 재료들을 가지고 있었군요!
수프가 살짝 슴슴하니깐
멸치와 땅콩 도토리 조림을 함께
곁들여 먹으면 좋을 것 같네요!

짠!
라쿤과 모가 만든 신메뉴가
드디어 완성되었어요!

라쿤이 먼저 맛을 보았어요.

앗!

왜요? 맛없어요?

아니, 뜨거워서...
자, 모두 먹어 봐요!

모는 배를 두둑이 채우고
다시 길을 떠날 준비를 했어요.

고마워요, 모.
함께 만든 신메뉴는 숲속 손님들도
무척 좋아할 거예요.

이것도 가져가요.
함께 만든 요리!
힘들 때 먹어요.

웃는 빛이
버들가지에 붙어 있을까?

마른 낙엽 더미 속에
있지는 않을까?

앗

곧 스르르
잠이 들었어요.

해가 조금씩 기울 때쯤 시끄러운 소리에
모는 잠에서 깼어요.

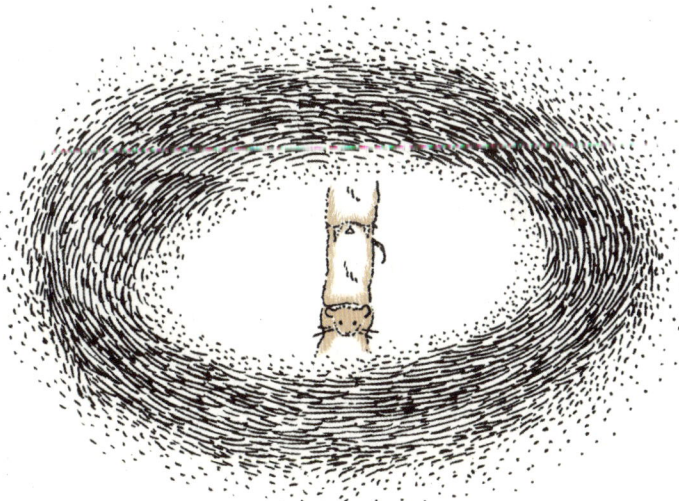

끔뻑 —

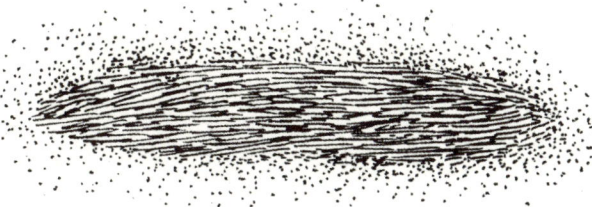

끔뻑 —

이곳은 우리 멧밭쥐들의
마을이라고요!
우리 집을 뭉개면 어떡해요!
화가 난 멧밭쥐들이
모를 일으켜 세웠어요.

엉덩이 밑을 보니
정말 동그란 집이
납작해져 있었어요.

저곳은 열일곱 번째 형제
쥐쥐의 집이라고요!
잠시 외출한 사이
저기서 자면 어떡해요!

화가 잔뜩 난 멧밭쥐들이
수군수군하는 소리와
집중된 시선에 모는 코에 땀이 나고
손발이 차가워졌어요.

모는 어쩔 줄 몰라
그만 눈물이 나고 말았어요.

미안해
어떡해
내가
그랬다니

미안해
나는 몰랐어요
잘을 망가뜨려서
미안해

멧밭쥐들은 모가 울음을 그칠 때까지 기다렸어요.
다 울었나요? 자, 닦아요.

대장 멧밭쥐가 작게 한숨을 내쉬며 말했어요.
에효- 하는 수 없지.
이미 뭉개진 집, 어쩔 수 없죠.
거대 고양이!
그리고 우리 식구들도 모두 모입시다.
어서 다시 짓도록 하죠!

대장 멧밭쥐가
이야기하자
자고 있던
부스스한 멧밭쥐도

식사 중이던 멧밭쥐도

반신욕 중이던 멧밭쥐까지
모두 모였어요.

자! 일단 다시 자리를 잡고
지푸라기를 모아 봅시다.
거대 고양이 씨! 이름이 뭐죠?
모... 요....
좋아요. 모는 지푸라기를 옮겨 줘요.

둘째 동생부터 여덟째 동생까지
지푸라기를 잘라 오자!

모와 아홉째 동생부터
열다섯째 동생까지 이동!

열여섯째 동생부터 열여덟째 동생은
나와 함께 집을 짓도록 해!

순서가 정해지자
모와 멧밭쥐들은
바삐 움직였어요.

모가 지푸라기를 날라 주니
금방 옮길 수 있어 좋은걸요?
멧밭쥐들이 칭찬하자
모는 기분이 조금 좋아졌어요.

모는 집 짓는데
필요한 잔가지들을
부러뜨려 주기도 했어요.

고마워요, 모!
모는 더 기분이 좋아졌어요.

멧밭쥐들은 훌륭한 건축가이기 때문에
얼마 지나지 않아 금세 집이 완성되었어요.
모, 함께 집을 지어 주어서 고마워요.
우리가 집을 지으면 며칠이 꼬박 걸리는데
모가 도와주어서 정말 빨리 멋진 집을
지을 수 있었어요.
대장 멧밭쥐가 말했어요.

헤헤, 내가 이렇게
도움이 될 수 있는지 몰랐어!
무엇인가 함께 해낸다는 건
정말 즐거운 일인 것 같아요.

맞아요.
함께 한다는 건
정말 멋진 일이죠.
고마웠어요.
모. 이제 어디로 가나요?

아, 맞다. 맞다!
웃는 빛을 찾아다니고 있었는데
깜박하고 있었다!

우와- 갑자기 빛이 반짝?
웃고 있었대! 신기하다!
바로 밖으로 나왔다고요?
용감하다!

밤에 잠이 안 와서
뒤척이고 있었는데
창문에서 빛이 반짝!
나를 보고 웃는 거야!
그래서 밖으로 나와
걷기 시작했어요!

이야기를 하다 보니
헤어질 시간이 되었어요.

안녕 모! 잘 가요!
주변을 잘 살피고 다녀요!
무서운 동물은 피하고요!
특히 곰을 조심해요!

또 곰 이야기네!
알겠어!
조심할게!
안녀엉-

앗!
버섯이다.
동글동글 귀여워.

앗!
송충이도 있다.
부숭부숭
귀여워.

맛있는 버섯 버섯~ 버섯을 먹으면 웃음이 나지요~
그때 어디선가 노랫소리와 함께 순록이 나타나
버섯을 쏙 뽑았어요.

호흐흥~
어머나 어린 고양이네.
귀여워라.

어디선가 순록들이
모여들었어요.
어머 어머,
너무 귀엽다.
순록들이 모를 마구
쓰다듬었어요.

이곳은 우리가
겨울이 오기 전까지
파티를 여는 곳이야. 흐흥
시간이 없어!
어서 앉아서 버섯구이와
치즈, 베리 주스를
배 터지게 먹자!
파티에선 음악이 빠질 수
없지! 흐흥! 흐흥!

모와 순록들은 신나게 파티를 즐겼어요.
일 년은 짧아 겨울은 금방 온다고~ 흐흥 순록들은 노래했어요.

냠냠, 이 버섯은 먹을수록
즐거워지는 것 같아! 히히
모가 버섯을 먹으며
말했어요.

그건 웃음버섯이라 그래.
겨울이 오기 전에
많이 웃어 둬야 해.
하지만 너무 많이 먹으면
배탈나니깐 조심해!

우리는 겨울엔
아주 바쁘거든! 흐흥
아이들의 편지에
답장하거나 할아버지를
굴뚝까지 데려가는
일을 해. 흐흥
그건 아주 고된 일이지.
순록이 책장에
수두룩하게 쌓인
편지들을 보여 주며
말했어요.

그~러~니~까
즐기자.
겨울에 할 일은
겨울에 생각해.
모두 잊고
이 순간의 즐거움만
느껴 봐.

모~
너도 해야 할 일이 있겠지? 흐흥
하지만, 지금은 잊어버려.
계속 생각난다면 웃음버섯을 먹어.
그리고 하하하 웃어 버리자~

순록들과 모는
날이 어두워지도록
이야기를 나누었어요.

그런데 너희들은 곰에 대해 아니?
모가 물었어요.
그럼! 그럼! 알지! 알고말고!

곰은 아주아주 거대해!
순록들이 신이 난 듯
연극을 하기 시작했어요.
곰은 입 냄새도 어마어마하지!
고약한 입 냄새를 풍기며
한밤중에 나타나
마을 주민들을
놀라게 한다나 뭐라나!

꺄아아아아
까르르까르르
곰이 나타나거든
도망가자 도망가!
꽁무니 털이 다 빠지도록
뛰는 거야!
입 냄새에 닿으면
코가 마비되고 말 거야!

떠들썩하게
파티를 즐기다 보니
어느새 하늘이
주황빛으로
물들었어요.

그런데 모, 너는 혼자
무얼 하는 중이었니?
순록들이 물었어요.

아! 그렇지!
웃는 빛을 찾고 있었는데?!
벌써 어두워졌잖아?!
어서 웃는 빛을 찾고
집으로 가야겠어!
모가 서둘러 파티장
밖으로 나왔어요.

투두둑-
하늘에서 비가 한두 방울씩
떨어지기 시작했어요.
그러더니...

모는 너무 무서워서
몸을 동그랗게 말아
덜덜 떨고 있었어요.

그때
웅크린 모 위로
부엉이 할아버지가
부엉- 부엉- 하며
날아가는 소리가 들렸어요.

부엉이 할아버지
소리잖아.

맞아. 할아버지가
두려워하지 말라고
했지....
이렇게 웅크리고
있다가는 아무 데도
갈 수 없을 거야.

모가 용기를 내어
눈을 떠 보니 커다란
곰 그림자가 나무들 위로
드리워지는 것이 보였어요.

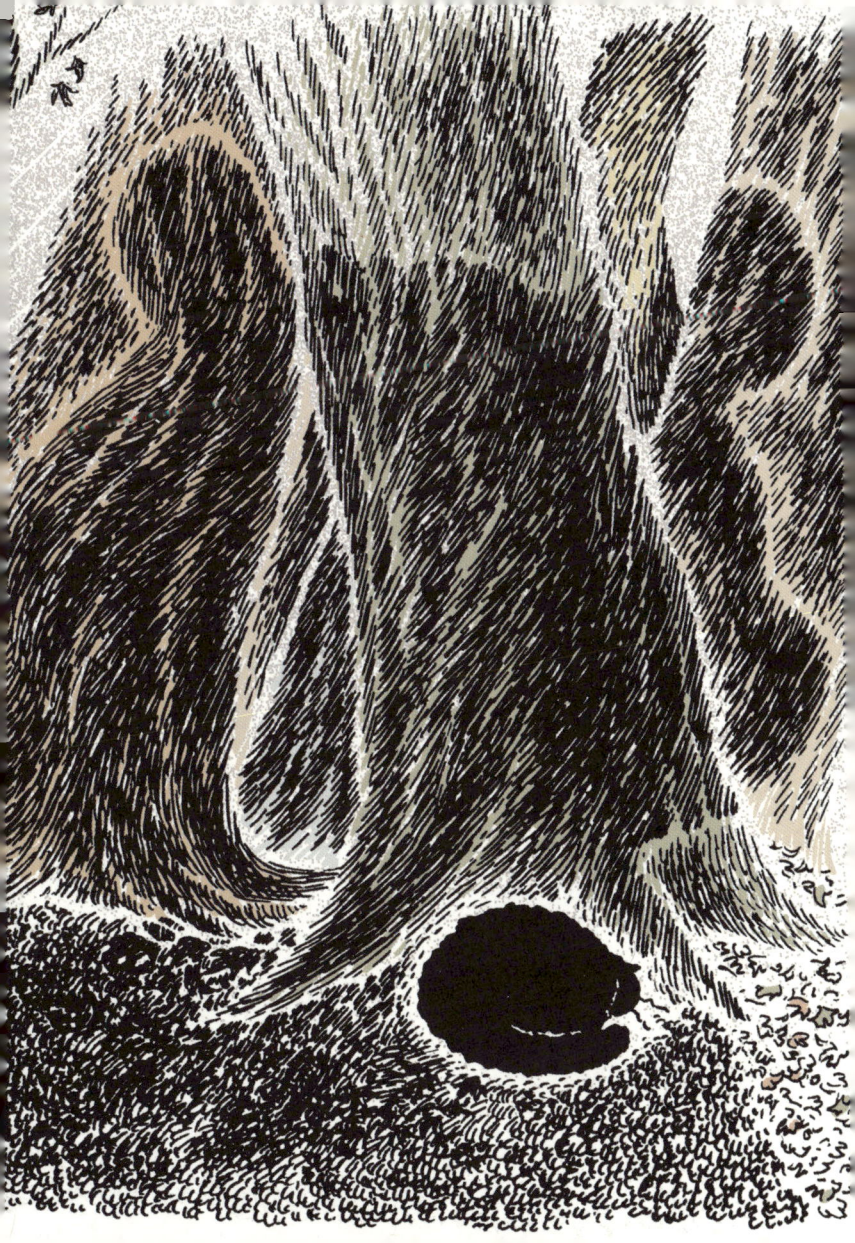

모는 깜짝 놀라 발라당
넘어지며 소리를 질렀어요.
그 바람에 가방은 진흙탕에
철퍽 빠졌고요.

으아아아아아아

눈을 떠보니 나뭇잎 우산을 쓴 까만 곰이
모를 신기하다는 표정으로 쳐다보며 서 있었어요.

검은 곰은 모의 발에
붙은 젖은 낙엽을 떼어
바구니에 넣었어요.

나는 비 오는 날 밤마다
숲에서 낙엽을 모아.
검은 곰이 말했어요.

낙엽을 모은다고?
모가 갸우뚱하며
되물었어요.

동물들을 잡아먹거나
집을 부수고
마을에 불을 내고
나쁜 짓을 하는 게
아니라?

하하하!
맞아. 숲속 주민들은 나를 무서워해.
그래서 나는 주로 비 오는 날 밤에 나오곤 해.
검은 곰은 진흙에 빠진 모의 가방을 털어 주며 말했어요.

곰은 들고 있던 랜턴을 들어
나무를 비추며 말했어요.

두려움이란 건 잘 알지 못해서 생기는 거야.
어두운 숲속 괴물같이 보이는 나무도
빛에 비춰 보면 그저 나뭇잎이
붙어 있을 뿐인 것처럼 말이야.

검은 곰은 낙엽을 주우며 이야기했어요.
뭐... 어쨌든 나는 겨울에 긴 잠을 자거든. 그래서 가을엔
낙엽을 모아 이불을 만들어.

짠! 이 옷도 내가 만든 옷이야.
알록달록하게! 누가 봐도 귀엽지?

참고로 우산도 내가 나뭇잎과 가지로 만들었어.
크고 긴 나뭇잎을 열두 장이나 구하는 건
결코 쉬운 일이 아니었지.

우와... 모는 감탄했어요.
나도 함께 낙엽을 모아도 될까?
모가 말하자
그래 좋아! 함께 낙엽을 줍자!
그리고 내가 따뜻한 꿀차를 만들어 줄게!
검은 곰이 대답했어요.

둘은 바구니가 넘치도록 낙엽을 줍고
함께 검은 곰의 집으로 향했어요.

모는 검은 곰에게
한 장 한 장 낙엽을 닦아 건네주고
검은 곰은 사부작사부작 바느질을 했어요.

시계의 알람이 울리자
검은 곰은 바느질거리를 정리하고 꿀차를 만들기 시작했어요.
난 정해진 시간에만 일을 하고 나머지 시간에는 여유를 즐겨.
이 꿀은 우리 집 문에 붙어 있던 벌집에서 긁어낸 꿀이야.
어제 먹어 봤는데 아주 달아!

그런데 모, 너는 왜 비 오는 밤 숲에 있던 거야?
검은 곰이 묻자, 모는 웃는 빛에 대해 들려주었어요.
낙엽을 모으러 숲속 곳곳을 돌아다녀 봤지만
웃는 빛은 본 적이 없는 걸?
혹시 보게 되면 알려 줄게.

오늘은 늦었으니까 여기서 자고 가.
자, 여기 베개! 그럼 불 끈다. 잘 자.
검은 곰이 말하자

잠깐만, 자기 전에 이는 닦고 자야지.
꼼꼼하게 치카치카
모는 검은 곰의 누런 이빨을
구석구석 닦아 주었어요.

좋은 냄새가 나면 숲속 친구들도
널 두려워하지 않을 거야.

잘 준비를 마친 모는 곰에게 말했어요.
있지, 검은 곰아. 정말 미안해.
나는 너를 알지도 못하면서
아주아주 무서운 괴물일 거라고 두려워했어.
그런데 아니었어. 너는 아주아주 멋진 곰 같아!
숲속 친구들도 너를 알게 되면 분명 좋아할 거야.

정말 그럴까?

그럼!
내가 날이 밝으면
친구들을 소개해 줄게.

모와 검은 곰은
도란도란 이야기를 나누었어요.

이내 검은 곰은 잠이 들었고
모는 멀뚱멀뚱 천장을 바라보았어요.
천장에는 검은 곰이 만든
별 모양 랜턴이 달려 있었어요.

반-짝-

문틈으로 바람이 들어와
별 모양 랜턴이 흔들리며
마치 웃는 것처럼 보였어요.
어, 웃는 빛...
모는 웃는 빛을 바라보다
스르르 잠이 들었어요.

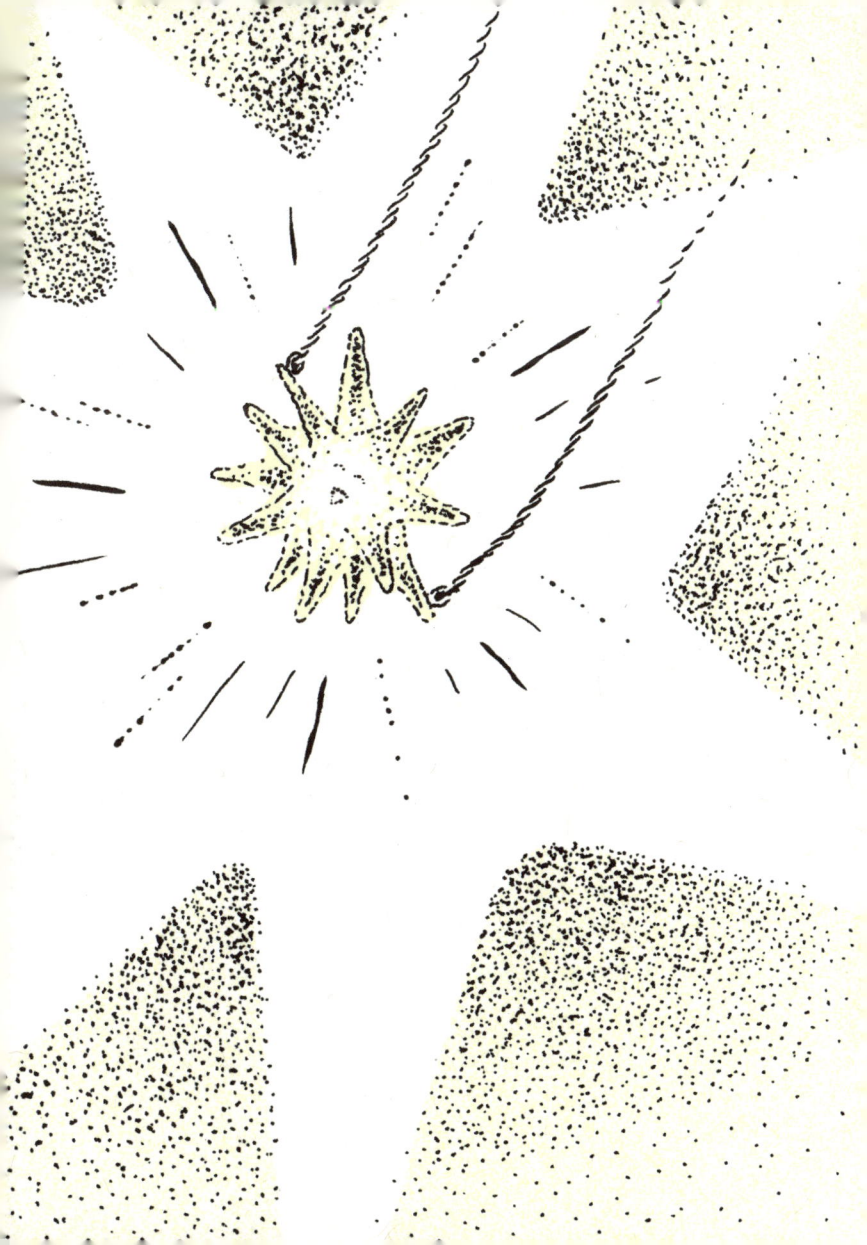

 EPILOGUE

글 · 그림 최연주

오늘 하루 유심히 보았던 것, 재미있는 상상,
사랑하는 모든 것을 자유롭게 그립니다.
대부분 낙서로 시작해서 작업까지 이어 나갑니다.
아버지와 함께 '후긴앤무닌'이라는
작은.브랜드를 운영하고 있습니다.

instagram @chocolateye

모이야기 - 숲속 모험

초판1쇄 발행일 2023년 2월 6일
초판9쇄 발행일 2025년 11월 15일

글·그림	최연주
펴낸곳	atnoon books
펴낸이	방준배
편집	정미진
디자인	신설화
교정	문정화
등록	2013년 08월 27일 제 2013-000257호
주소	서울시 마포구 연남로 30
홈페이지	www.atnoonbooks.net
페이스북	atnoonbooks
인스타그램	atnoonbooks
유튜브	atnoonbooks
연락처	atnoonbooks@naver.com
FAX	0303-3440-8215

ISBN 979-11-88594-24-5 07810 정가 22,000원
ISBN 979-11-88594-23-8 (세트)

이 책의 글과 그림의 일부 또는 전부를 재사용하려면
반드시 저작권자의 동의를 얻어야 합니다. ⓒ 2023 최연주